AF310830

DES BAGVES ET ANNEAVX.

LETTRE III.

MONSIEUR,

Encore que la Bague qui vous a esté donnée soit d'un prix tres-considerable, mon opinion est qu'il augmente de beaucoup, par la consideration de la main dont vous tenez un si beau present. La vostre pourtant est celle qui le fera principalement valoir, si j'ai bien retenu le sens d'un proverbe qu'on m'a souvent dit en Espagne, *la espada, y la sortija, en cuya mano estan.* Quelque éclatantes que soient les facettes de vostre diamant; & quoique sa grosseur & son poids le recommandent merveilleusement, il s'en trouvera toûjours aſſez d'autres dans le monde qui le ſurmonteront pour ce regard, mais fort peu qui ſe ſoient arreſtez en ſi bonne main, aprés avoir paſſé par une autre remplie de tant de merite. Les Rois de Biſnagar ſe reſervent encore aujourd'huy ceux qui excedent le poids de cent quinze grains : Le Cam des Tartares fait le meſme des plus belles Turquoiſes qui ſortent de la meilleure roche: Et l'on ſçait qu'autrefois les Souverains d'Egypte retenoient pour eux les Topaſes d'une excellence extraordinaire. C'eſt donc avec raiſon que je conſidere la valeur de voſtre anneau hors de luy meſme, & que ſans le comparer aux pierreries d'un prix ineſtimable, je luy en donne un qui ne luy peut eſtre raiſonnablement conteſté. Mais pour vous témoigner combien m'a eſté douce la nouvelle de cette gratification, je vous veux faire part de quelques penſées qu'elle m'a fournies, & qui m'ont ſervi depuis vôtre obligeante Lettre d'un tres-agreable entretien.

Déja je fais grande diſtinction entre la bonté interieure & eſſentielle des pierres precieuſes, & la bonté ou vertu qu'on leur attribuë avec trop de credulité. Car de dire que la pierre nommée Alectorie, parce qu'on la trouve parfois dans le ventre d'un Coq, ait eu le pouvoir de rendre invincible Milon le Crotoniate : Qu'il y en ait qui donnent des ſonges divins,

divins, ou qui fassent prédire l'avenir :
Et que d'autres soient propres tantost à
évoquer du Ciel en Terre l'Image des
Dieux ; tantost à faire venir des Enfers
les ombres des Trépassez, selon que Pline écrit tout cela dans son trente-septié-
me livre, c'est ce que je ne croirai jamais, que quand mon esprit se disposera
à recevoir toute sorte de fables pour autant de veritez. Il faut mettre au mesme
rang les deux anneaux, d'oubli, & de
souvenance, du premier desquels Moïse
fit present à sa femme Egyptienne, afin
qu'elle ne pensast plus en luy : Cét autre
dont parle Josephe, qui chassoit les De-
mons en la présence de Vespasien : Celuy
de Midas, ou de Gyges, qui rendoit in-
visible : Et les sept encore que le Prin-
ce des Brachmanes Jarchas, donna au
grand Apollonius, qui portoient le nom
de sept E'toiles, & servoient l'un aprés
l'autre à chaque jour de la semaine. C'est
sans doute sur de tels patrons qu'ont
esté fabriquez les contes des bagues qui
charmerent l'esprit de l'Empereur Char-
lemagne, & de Henry II. Roy de Fran-
ce, au rapport de Petrarque, & d'An-
toine de Laval.

X.

Philostr.
l. 3. de vi-
ta Apoll.
c. 13.

Lib. 14.
ep. 3.

Je ne veux pas nier pourtant que les
pierres que nous appellons précieuses,
ubi in arctum coacta rerum naturæ majestas,
comme dit le mesme Pline que nous venons de citer, ne puissent avoir quelques
vertus ou facultez naturelles, puisque

l'Aimant nous en fait voir tous les jours
de ſi merveilleuſes. Elles agiſſent ſans
doute comme les autres mixtes , ou par
leur forme ſubſtantielle , ou par leur
matiere , & il n'y a rien que je ne leur
accorde librement de ce qui peut venir
(de là , pourveu qu'il n'excede pas le cours
de la Nature , & qu'on ne leur attribuë
point d'effets manifeſtement ſurnaturels
comme le ſont les precedens , & aſſez
d'autres ſemblables dont on abuſe les
eſprits credules. Quelle apparence y a-
t-il de s'imaginer qu'une Turquoiſe, ou
une émeraude tombée d'une bague , pre-
diſe l'infortune qui menace celuy qui la
portoit ? Cependant il ſe trouve des per-
ſonnes ſi perſuadées de cela , que nous
voions dans noſtre Hiſtoire moderne le
ſieur de Teligny allant avec douze cens
hommes pour une entrepriſe ſur la ville
de Nantes , s'arreſter tout court , trou-
vant le matin aprés avoir bien cheminé
que la pierre de ſon anneau eſtoit chutte,
ſans qu'il y euſt moien de le faire paſſer
outre , parce qu'il avoit perdu toute eſ-
perance avec le verd de ſon E'meraude.
Car quand meſme il ſeroit vrai , que la
pierre Selenite creuſt & décreuſt ſelon
les faces differentes de la Lune , ce n'eſt
pas à dire neantmoins qu'il faille admet-
tre toutes ces proprietez occultes , qu'on
veut que les pierres taillées & enchâſſées
dans des bagues reçoivent du Ciel , en
vertu des figures qui leur ſont données

durant de certaines constellations. Tous
ces Talismans & Gamahez, dont la
fausse Astrologie fait tant de parade, ne
doivent passer que pour des preuves de la
vaine superstition de beaucoup d'esprits,
qui ne croient jamais rien avec plus d'o-
piniastreté que ce qui est le moins croia-
ble par raison. Mais quant aux autres
vertus des pierres qui operent par des
emanations ou écoulemens de leurs sub-
stances, comme il s'en fait de tous les
corps, & dans tous les ordres de la Nature, il est aisé d'y acquiescer par les
raisons qu'en donnent autant qu'il y a de
diverses sectes de Philosophie. C'est
pourquoi je ne trouve pas étrange ce
qu'écrivent Aulu-Gelle & Macrobe, que *Lib. 10.*
les Grecs & les Romains portassent leurs *noct. At.*
anneaux au doigt de la main gauche, *c. 10. l. 7.*
nommé pour cela annulaire, ou medici- *Satarn. c.*
nal ; si tant est que ce nerf dont ils par- *13.*
lent s'y rencontre, qui réponde au cœur,
& qui par consequent puisse servir de
vehicule à la vertu cardiaque d'une pierre precieuse. Si est-ce qu'il n'y a point
eu de doigt ∥ qui n'ait esté preferé par
quelques-uns pour ce regard ; jusques là
que celuy du milieu, appellé infame, &
où nous voulons que les foux seuls mettent leurs bagues, servoit à cét usage aux
anciens Gaulois, & aux Anglois, com-
me Pline l'a remarqué dans le trente-troi- *Cap. 1.*
siéme livre de son Histoire naturelle.
Quoiqu'il en soit, les pierres precieuses,

tant celles qui font renfermées dans un anneau, que les autres, ont des proprietez fi efficaces, ou à noftre avantage, ou à noftre préjudice, qu'on leur attribuë entre autres effets la mort d'un Pape, & d'un Empereur. Car pour commencer par le dernier, celle de Leon quatriéme arriva, comme l'on croit, de ce qu'aprés avoir pillé dans Conftantinople le Temple de Sainte Sophie, il portoit ordinairement une Couronne fi chargée de pierreries qu'il y trouva, qu'outre le poids, leur froideur, & les mauvaifes qualitez dont elles luy toucherent le cerveau, le firent mourir fubitement. Platine rapporte à la mefme caufe, l'apoplexie qui ofta de ce monde Paul deuxiéme, qui l'avoit tant perfecu-té. Il dit que ce Pape confomma tout le threfor de l'Eglife en perles, diamans, & autres joiaux, dont il fe fit une thiarre plus propre à reprefenter une Cybelle avecque fa tour fur fa tefte, qu'un fouverain Pontife ; & que cette machine portée trop fouvent fut le plus apparent fujet de fa mort ; encore qu'il remarque ailleurs, que fon intemperance à manger des melons y pouvoit bien avoir contribué.

In vit. Hadriani I.

In vita Paul. II.

Mais puifque le prefent que vous avez receu, m'arrefte particulierement l'efprit fur la confideration des Anneaux, je vous veux dire comme il n'y a gueres de parties du corps humain, où la ga-

lanterie n'en ait fait mettre auffi bien
qu'aux doigts de l'une & de l'autre main.
Les Relations de l'Inde Orientale affeu-
rent que fes habitans les portoient ordinairement au nez, aux lévres, aux jouës,
& au menton. André Corfal en dit pref-
que autant des femmes Arabes du port
de Calayate. Nous lifons à peu prés la
mefme chofe dans Ramufio, des Dames
de Narfingue vers le Levant. Et Diodore Sicilien témoigne au troifiéme livre
de fa Bibliotheque, que celles d'Ethio-
pie avoient accoûtumé de fe parer les
lévres d'un anneau d'airain. Pour le regard des oreilles, c'eft par tout le monde qu'on s'eft pleu, hommes & femmes,
à y faire pendre des bagues de prix. Car
bien que les oreilles percées paffent dans
le Deuteronome pour une marque entre
les Juifs de fervitude perpetuelle ; que
nous lifions dans la vie de Xenophon
écrite par Diogenes Laërtius, comme ce *Cap. 15.*
Philofophe reprochoit à un certain Apo-
lonides pour luy faire injure, qu'il avoit
auffi les oreilles percées ; que la baffe
naiffance de l'Empereur Macrinus parut,
à ce que dit Dion Caffius, en ce qu'il en
avoit une troüée à la façon des Maures ;
& qu'encore aujourd'hui il n'y ait gueres que les femmes dans l'Europe qui
portent des pendans-d'oreille : Si eft-ce
qu'il y a auffi des Cavaliers, qui prennent parmi nous, & ailleurs, la licence
de s'en parer. Les Perfes, dit Diodore,

Lib. 5. & les Arabes Panchées mettent ordinairement des anneaux à leurs oreilles. Les Grecs sans doute en usoient de mesme, puisque nous sçavons par l'autorité de *L. s. adv.* Sextus le Pyrrhonien, que Platon estant *Math. c.* encore jeune homme avoit l'une des deux *32.* percée, où pendoit une bague. Je ne veux pas oublier là-dessus que les Incas Em- *Hist. des* pereurs du Perou, donnoient l'Ordre de *Incas. l.* Chevalerie en perçant les oreilles, com- *6. c. 27.* me on peut voir dans Garcilasso de la Vega. Cesar de Federici represente les Naïres, qui sont les Gentils-hommes de l'Inde Orientale, avec de si grandes oreilles, & si bien trouées, qu'on y peut passer le bras. Et Odoardo Barbosa montre en parlant de ceux de Zeilam dans la mesme region, que cela se fait par la grosseur & pesanteur de leurs pendans-d'oreilles, qui les leur font venir jusques sur leurs épaules. Ne pouvons-nous pas remarquer encore avec quel trans- *Pline l. 9.* port d'affection Antonia femme de Dru- *c. 55. & l.* sus mit d'autres pendans-d'oreilles à une *32. c. 2.* Lamproie dont elle faisoit ses delices ? Et comme les Anguilles d'une fontaine de Jupiter Labradien en portoient de mes- me ? Je ne dis rien de ceux des femmes, parce que de tout temps, & en tous lieux, elles en ont fait une de leurs plus grandes *Lib. 7. de* vanitez ; d'où vient la plainte de Sene- *benef. c.* que, qu'elles portoient deux & trois *9.* patrimoines au bout de chaque oreille, *video uniones,* dit-il, *non singulos singulis auribus comparatos, jam enim exercitatæ anres oneri ferendo sunt : junguntur inter se , & insuper alij binis superponuntur : non satis muliebris insania viros subjecerat, nisi bina ac terna patrimonia auribus singulis pependissent.* Mais quelle invective n'eust-il point faite contre celles qui se percent les extremitez de leurs plus secrettes parties , pour y passer des anneaux d'or qui s'ostent & se remettent quand bon leur semble ? Le Capitaine Portugais Pierre de Sintre témoigne que les Dames de qualité d'une certaine coste de Guinée , ne se contentant pas de ceux dont elles se parent, le nez & les oreilles , s'en ajustent encore au lieu que nous venons de dire , sans quoi elles ne penseroient pas estre galantes. Il est vrai que les hommes ne sont pas plus modestes en beaucoup de païs. Odoardo Barbosa dit qu'ils portent au Roiaume du Pegu de petites sonnettes de differens metaux , attachées au bout du membre viril , ou fourrées entre la chair & la peau du prépuce , les faisant sonner par les ruës s'ils y voient passer quelque femme qui leur plaise. Linschot & assez d'autres prennent cette invention pour un remede contre la Sodomie ordinaire dans tous ces quartiers. Mais quoiqu'il en soit la mesme chose s'observe au Roiaume de Siam , sinon que le Portugais qui a fait le sommaire de l'Inde Orientale traduit par Ramusio, ajoûte que les grands Seigneurs

Ramusio, tom. 1. p. 316. 335. 340. & 360.

si j'avois une fille, dit Rabinnas dans Petrone, je lui couperois les oreilles .... plané, Si filiam haberem auriculas illi præciderem. Mulieres si non essent omnia pro lacte haberemus.

ont souvent outre les sonnettes, des Diamans de prix en cette mesme partie. Ni-
colas di Conti assure que les habitans de
la ville d'Ava ne croiroient pas se pouvoir rendre agreables à leurs maistresses,
s'ils n'avoient une douzaine de ces sonnettes ainsi enchâssées en forme de petites noisettes. Et Pigafetta témoigne que
ceux de l'Isle de Zubut portent tous par
gentillesse, des anneaux d'or de la grosseur
d'une plume d'oie qui leur traversent le
prépuce ; de mesme que je me souviens
d'avoir leû dans Nicolaï, qu'il y a des
Religieux Turcs nommez Calanders, qui
s'y en mettent encore de plus gros, & de
fer, pour conserver leur virginité. En
verité le luxe & la luxure d'Orient vont
bien au delà de ce qui se pratiquoit à Ro-
me du temps de Seneque, & de celuy de
Pline l'aisné, quoique ce dernier soû-
tienne que le premier homme qui mit un
anneau au doigt de sa main, commit un
crime detestable, *pessimum vitæ scelus fecit,*
qui annulum primus induit digitis. C'est bien
faire pis dans la doctrine des mœurs d'en
porter aux doigts des pieds, comme l'ont
en usage non seulement les femmes In-
diennes, & entre autres les Guzzerattes;
mais encore ceux de nostre sexe. Quand
Pierre Alvarez receut sa premiere Au-
dience du Roy de Calicut, il le vid tout
lumineux de pierreries enchâssées dans
des pendans-d'oreilles, des bracelets &
des anneaux tant aux doigts des mains
que

que des pieds, faisant voir par ce moien
sur un de ses orteils un Rubis, & un
Escarboucle de tres-grand prix. Et Louïs
Bartheme represente un autre Roy de
Pegu qui estoit encore plus excessif en cela, n'aiant aucun des doigts de ses pieds
qui ne fust chargé d'anneaux garnis de
pierreries.

Si je voulois poursuivre ce point de
Morale, je considererois combien il y a
de mains emploiées à remuer les entrail-
les de la terre, pour trouver dequoi faire
paroistre un petit doigt. *Viscera ejus extrahi-* *Plin. l. 2.*
mus, ut digito gestetur gemma quam petimus. Quot *nat. hist.*
manus atteruntur ut unus niteat articulus ? Si ulli *c. 63.*
essent inferi, dit ce Paien, *jam profectò illos*
avaritiæ cuniculi refodissent. Mais il n'y au-
roit point d'apparence de parler de la sorte
au sujet d'un anneau tel que le vostre, ve-
nu de si bon lieu, & qui est tombé en si
bonne main. Disons plûtost à son avantage, que depuis celuy de Promethée, le
plus ancien de tous, les anneaux ont toûjours passé pour une marque d'honneur
parmi toutes les Nations. Les Philosophes *Lib. 3. 6.*
Brachmanes s'en parent, dans Philostra- *4. 7. Po-*
te. Ils donnent à connoistre dans Aristo- *it. c. 2*
te, le merite des gens de guerre parmi les *Dial.*
Carthaginois. Et Alexandre presente le *Diog. &*
sien en mourant à Perdicas, comme par *Alex.*
une designation de son successeur, si nous
en croions Lucien. C'est une chose certaine que les Spartiates faisoient gloire
d'en porter du plus vil de tous les me-

taux, qui est le fer : & que l'anneau d'or chez les Romains estoit la marque des Ambassadeurs qui le recevoient en partant ; comme encore des Chevaliers, des Senateurs, & des Tribuns, qu'Asdrubal reconnut par là entre les simples soldats selon que l'écrit Appian.

A la verité l'on a pris le doigt annulaire orné d'une bague, pour le symbole des graces & des honneurs qu'on fait assez souvent à des faineans, & à ceux qui le meritent le moins, à cause du peu de service que rend ce doigt, le plus exempt de tous du travail, & celuy neantmoins qu'on pare & qu'on enrichit par préference d'or & de pierreries. Mais outre que son peu d'emploi est la vraie raison du choix qu'on a fait de luy (laissant à part la consideration du nerf cardiaque dont nous avons déja parlé) d'autant qu'un anneau n'est pas si sujet à se rompre & briser, où il est en repos & hors d'agitation : Il faut encore prendre garde que dans ce symbole mesme l'anneau conserve sa dignité, & qu'il n'y a que la mauvaise place où il se rencontre qui soit condamnée. Car d'ailleurs il est de si grande autorité, que dans le Droit Romain le privilege obtenu d'en porter, estoit un titre d'ingenuité aux Libertins, quoique les loix du Code ne soient pas bien d'accord pour ce regard avecque celles du Digeste. J'ai souvent medité sur une observation que fait Aulu-Gelle,

De iure aur. ann. l. 40. Digest. tit. 10. & l. 6. Cod. tit. 8. Noct. Attic. l. 10. c. 15,

qu'il n'eſtoit pas permis au grand Preſtre
de Jupiter, nommé *Flamen Dialis*, de
porter un anneau s'il n'eſtoit fort large,
annulo uti niſi pervio caſſóque ; ce que d'autres interpretent s'il n'eſtoit ſans pierre
ou joiau, & percé au lieu où l'on les en-
châſſe. Pour moi je penſe que le ſens
myſtique de cette loi Pontificale, n'eſt
pas éloigné de celuy que couvroit le Proverbe connu des Grecs & des Latins, de
ne porter jamais de bague eſtroite, *annu-*
lum arctum ne geſtato. Et vrai-ſemblable-
ment comme le poſſeſſeur de ce grand
Sacerdoce eſtoit fort conſideré & reſpe-
cté, les Romains ont voulu dire par là
qu'il ne devoit jamais eſtre contraint en
pas une de ſes actions. Cette façon de
s'expliquer myſterieuſement me fait encore ſouvenir d'un des preceptes de Pythagore, fils d'un graveur d'anneaux appellé Mneſarche. Il defendit à ſes diſ-
ciples d'en porter où la figure de Dieu
fuſt repreſentée ; ce qui a toûjours eſté
pris pour un commandement qu'il leur
faiſoit, de ne reveler jamais au peuple ce
qu'ils croioient de la Divinité. Si eſt-ce
que les Sectateurs d'Epicure, qui defe-
roient des honneurs preſque divins à ſa
memoire, mettoient ordinairement ſon
portrait dans des anneaux pour l'avoir
toûjours devant les yeux, à ce que nous
apprend un de ſes plus illuſtres Parti-
ſans Pomponius, au commencement du

Dei fi-
guram
in annu-
lo ne
geſtato.

cinquiéme livre qu'a écrit Ciceron, *de finibus bonorum & malorum.*

Et parce que je vous ai dit dés le commencement de ma Lettre que le diamant de voſtre bague, quoique tresbeau, eſtoit ce que j'en priſois le moins, ne pouvant aller du pair avec celuy du dernier Duc de Bourgogne, vendu neanſmoins un ſeul Florin ; ni avec cét autre de Sancy, qui fut conſervé dans un ſi vilain lieu ; je vous veux faire voir ſur ce reſte de papier quelques-unes des plus belles pierreries qui ſe repreſenteront à mon imagination. Déja pour ce qui eſt des Diamans, je n'en ſçai point de plus admirable que celuy du grand Mogol, qu'on dit eſtre de la groſſeur & de la forme d'un œuf de poulette ; auſſi le porte-t-il à ſon bras, eſtant trop peſant & trop incommode pour les doigts de la main. Marc Polo diſoit de ſon temps que le Roy de Zeilam avoit le plus beau Rubis du monde, d'une palme de longueur, & qui n'eſtoit pas moins gros que le bras d'un homme ; c'eſt pourquoi il écrit que comme il paroiſſoit ſans tache, auſſi le croioit-il ſans prix. L'Agathe de Pyrrhus qui repreſentoit naturellement les neuf Muſes préſidées par Apollon, & que Pline avec Solin ont tant admirée, ne pouvoit pas non plus recevoir ſa juſte eſtimation. L'Hiſtoire

des Incas dit que dans une vallée du
Perou, l'on adoroit une émeraude , qui
eſtoit preſque auſſi groſſe qu'un œuf
d'Auſtruche , & que ces Indiens du
nouveau Monde venoient de fort loin
luy faire des ſacrifices. Et la Relation de
Pigaſette porte , conformément à celle
de Maximilien Tranſilvain , que le Roy
de Borneo avoit à ſa Couronne des
Perles de la groſſeur de l'œuf d'une
poule , ou d'une oie , ſi parfaitement
rondes , qu'elles eſtoient toûjours en
mouvement ſur une table. Ne vous ima-
ginez pas qu'il ſoit impoſſible d'en trouver de ſi groſſes dans la Conche d'une
huiſtre , puiſque les meſmes Auteurs
aſſurent qu'il s'en eſt peſché dans ces
mers-là , dont la chair peſoit juſques à
quarante-ſept livres. Reconnoiſſez plû-
toſt avecque moi , que puiſque tous ces
chef-d'œuvres du Soleil ſemblent n'é-
tre produits que pour les plus grands
Monarques , n'y aiant point de richeſ-
ſes d'hommes particuliers qui les puiſ-
ſent paier , j'ai eu raiſon de faire cas
de voſtre anneau par d'autres conſide-
rations , que par celle du prix de ſon
Diamant.

DES ODEVRS.
LETTRE IV.

MONSIEUR,

Nous avons accouſtumé de dire que ceux-là ont bon nez , qui prevoient avec jugement ce qui peut arriver ; & le Latin les a nommez de meſme , *viros non obeſæ , ſed emunctæ naris* , ſurquoi quelques-uns ſe ſont fondez , qui ont creu que l'O-dorat excellent pouvoit paſſer pour une marque de bon entendement. Le Mede-cin Eſpagnol Huarte eſt en ceci contre-dit par d'autres de ſa profeſſion , qui s'i-maginent tout au contraire que la per-fection de ce ſens eſt un témoignage d'eſ-prit peſant & tardif ; d'où vient que la plûpart des animaux ont un merveil-leux avantage ſur nous pour ce qui con-cerne l'Odorat. Et je me ſouviens qu'An-tonio Perez remarque dans une de ſes Lettres , que ſon Maiſtre le Roy d'Eſ-pagne Philippe II. n'en avoit point du tout , n'aiant jamais reconnu la differen-ce des Odeurs , quoique ſon ſeul raiſon-nement ſuffiſt à la conduite de ſes Eſtats. *Phelippe ſegundo mi amo* , dit-il , *nunca olió , ni conoſció differencia de olores : y ſabemos el que fué.* Cela ſemble favoriſer le dernier avis , parce qu'il n'y a gueres d'apparen-

Guibelet c. 10. & 50.

Cartas ſeq. cart. 31.

ce que la bonté de l'Odorat foit avanta- **X.**
geufe à l'efprit , fi celuy - ci ne laifle
pas d'avoir fes operations excellentes
dans une totale privation de l'autre ;
eftant encore vrai-femblable que fi le de-
faut de flairer compatit avec la bonté de
l'efprit , la perfection du mefme fens
témoignera la pefanteur des fonctions
fpirituelles.

Neantmoins puifque felon l'E'chole, la
feichereffe convient aux Odeurs, de mefme que l'humidité aux Saveurs ; & que
d'ailleurs les meilleurs efprits font ceux
qui ont le plus de cette fplendeur feiche
d'Heraclite , n'y aiant rien de fi contraire aux plus nobles fonctions de l'ame
que l'humidité du cerveau ; n'eft-il pas
aifé de reconnoiftre qu'une mefme qualité fervant à perfectionner l'Efprit &
l'Odorat, ils ne peuvent pas eftre dans
un tel divorce , que la bonté de l'un
caufe la foibleffe ou l'engourdiffement
de l'autre ? Auffi ne manque-t-on pas
d'exemples formellement oppofez à celuy de Philippe Second. Pherecyde , le
Precepteur de Pythagore , avoit cét or-
gane dont nous parlons fi fubtil , qu'il
predit un tremblement de Terre par l'o-
deur d'une eau de Puits. Democrite fe
fit auffi admirer dans fa conference avec
Hippocrate , jugeant de mefme que le
lait qu'on leur avoit prefenté eftoit d'u-
ne Chevre noire, & qui n'avoit encore
porté qu'une fois. Je fçai bien que l'E'-

crivain de fa vie parle de ce difcerne-
ment comme d'un effet de la veuë. Mais
ce que nous lifons dans Philoftrate d'un
jeune Pafteur , qui reconnut au flairer
que du lait n'eftoit pas pur , me fait
penfer la mefme chofe de l'action de Democrite. Ce Ruftique , grand & fort à
merveille , fe nommoit Agathion , &
avoit prié le Sophifte Herode de luy te-
nir preft au lendemain un vafe plein de
lait pur à fon égard , c'eft à dire , qui
n'euft pas efté tiré de la main d'une femme. Mais il s'apperceut auffi-toft qu'on
le luy offrit , comme il n'eftoit pas tel
qu'il l'avoit demandé , proteftant que
l'odeur des mains de celle qui l'avoit tiré luy offenfoit l'Odorat. Philoftrate le
nomme Divin là-deffus ; & Pherecyde
non plus que Democrite ne pafferont jamais pour gens d'efprit groffier , encore qu'ils aient eu le nez auffi bon & épu-
ré , que Philippe Second l'avoit mauvais
& fans action.

Quant à ce qui touche l'avantage des
Beftes en ceci , d'où l'on pretend tirer
une confequence du peu d'efprit de ceux
qui jouïffent d'un excellent Odorat ,
puifqu'ils ont cela de commun avec elles ; outre que l'argumentation eft vi-
cieufe , l'on en combat la préfuppofition,
quoiqu'elle foit d'Ariftote , de beaucoup
de preuves contraires. Car comme l'on
veut que les Corbeaux & les Vaultours
aient ce fentiment admirable , le mefme

Diog.
Laïr.

In Probl.

Ariftote aiant laiffé par écrit qu'au car-
nage qui fe fit des Medes à Pharfale, tous
les Corbeaux d'Athenes & du Peloponefe
s'y tranfporterent ; & Averroës qu'un
Vaultour fentit de Damas une charogne
qui eftoit en Babylone : Auffi lifons nous
des effets prodigieux de noftre Odorat en
diverfes perfonnes. Jean Leon affure dans
la fixiéme Partie de fon Afrique , que le
Guide d'une Caravane y reconnut de qua-
rante milles loin en flairant le fable, qu'elle s'approchoit d'un lieu habité. Et Gar-
cilaffo de la Vega nomme un certain Pierre Moron , habitant de la ville de Baya-
mo dans l'Ifle de Cube, & de ceux que les
Efpagnols appellent <u>Metifs</u>, qui alloit à la
quefte des Indiens & les fuivoit du nez à
la pifte , mieux que les chiens de chaffe ne
font le gibier ; ajoûtant qu'il fentoit de
mefme , l'odeur de quelque lieu que ce
fuft où il y euft du feu allumé , bien qu'il
s'en trouvaft éloigné de plus d'une lieuë.
Nous voilà donc à deux de jeu pour ce regard avec le refte des animaux ; quoiqu'à
parler franchement tout ce que nous avons
rapporté des uns & des autres me foit
grandement fufpect , auffi bien que ces
veuës de Lyncées qui percent les murail-
les ; & ces ouïes fubtiles qui entendent la
mufique des fpheres celeftes , ou qui con-
noiffent s'il y a quelqu'un dans une cham-
bre au bruit que fait la porte qu'ils frapét.

C'eft ce que je vous ai bien voulu écri-
re au fujet de ce nez que vous nommez

X.

Lib. 9 de
hift. a-
nim. c. 31.

Hift. de
la Flori-
de 2.
part. l. 2.
c. 7.

ennemi de tous les autres, parce qu'il leur
est insupportable. Pline & son abbrevia-
teur Solin, parlent de certains peuples
des Indes vers la source du Gange, qui ne
vivent que de bonnes odeurs , les mauvaises leur étant si contraires, qu'elles
les font aussi-tost mourir. Que nous con-
noissons de personnes qui leur sont parfaitement Antipodes , & qui ont un prin-
cipe de vie tout-à-fait different du leur?
Pour moi , je vous avouë que je suis en
cela Cyrenaïque , & que je ferois volon-
tiers des imprecations comme Aristippe
contre ces effeminez , qui ont rendu mauvais l'usage des parfums. Nous voions
dans Suetone que Vespasien revoqua le
don qu'il avoit fait d'une Prefecture à
un Jeune homme, parce qu'il estoit trop
parfumé, luy en faisant de plus une severe
reprimende, où ces propres termes furent
emploiez , *maluissem allium suboluisses*. Mais
si cet Empereur est loüable de s'estre voulu opposer au luxe de son siecle , qui é-
toit si excessif en cette partie , qu'un L.
Plotius proscrit s'estant retiré dans une
caverne auprés de Salerne , ne fut décou-
vert qu'à l'odeur des parfums qui le tra-
hirent; l'on peut dire aussi qu'on ne sçau-
roit condamner absolument les bonnes
odeurs & les compositions aromatiques,
à moins que de témoigner de l'aversion
contre plusieurs mysteres de nostre Re-
ligion. En effet elle emploie tous les jours
l'encens , les pastilles , & les cassolettes

In Vesp.
art. 8.

Solinus
c. 46. art.
25.

dans nos temples. Le thymiame dont
elle se servait dans l'ancienne loi, était
si excellent et si approprié à dieu, qu'il
a menacé dans l'exode (c. 30.) contre
ceux qui auront usé de cette confection
pour leur satisfaction particuliere.
Et si l'on y prend garde, le consentem.t
des parfums est presque le seul des
plaisirs du corps que la dévotion
s'en réservé, et dont notre Seigneur
a justifié l'usage en sa propre personne.
Je considère encore que ceux qui s'en
offensent et qui ne les peuvent souf-
frir, ont cela de commun avec les plus
vils ou les plus immondes des animaux, puisqu'Aristote nous apprend
(lib. de mir. ausc.) que ces mêmes parfums,
nommés onguents par les romains, font
périr les vautours, et que la douce
odeur des roses tue les scarabées.
Nous avons aussi le proverbe, asinus
in unguento, qui semble prêter témoignage contre de certaines personnes qui
font mine de mépriser les bonnes odeurs.

et puisque les mauvaises ne plaisent qu'aux esprits immondes, qu'on dit en laisser toujours des restes partout où ils passent ; n'est-ce pas une grande justification pour celles qui leur sont contraires ? Le couronne en ciel paraît autant par la puanteur que par les coups de tonnerre. Et quand les anciens ont écrit que Vénus irritée contre les femmes de Staby-nière ou de Lemnos, les punit de cette infection d'aisselles qu'ils leur reprochaient ; ça été avec eux moins déclarer qu'ils étaient du sentiment dont je pense que vous n'êtes pas plus éloigné que moi.

... Dans les malades l'odeur cesse quelquefois d'être fétide, pour prendre un caractère singulier de plus en plus supportable. Les malades sentaient l'ambre, le musc, la camomille &c.
Gardane, Essai sur la putréfaction des humeurs animales, p. 123. Paris, Veuve d'Houri. 1769.
(Il meurt le dimanche 16 juillet 1769.)